U0109918

水荔树上的蝴蝶

冰 谷 著 　 林焕彰 图

本书荣获马来西亚福建社团联合会暨雪隆福建会馆文学出版
基金2009年度儿童文学组优秀奖，并由该基金资助出版。

幸福家园的诗篇

——《水翁树上的蝴蝶》序

林焕彰

这是一本很可爱的童诗集。

「水翁树」是一种果树，它结的果实，在台湾，我们称为「莲雾」。

做为书名的〈水翁树上的蝴蝶〉这组诗，共两首；作者写的蝴蝶，不是真正的蝴蝶；而是为果实免于遭受虫害，在果树结的果实上包扎各色塑胶袋，形成一种特殊的景观，一个个乍看起来，像是一只只蝴蝶，在吃花蜜，或如在风中翩翩飞舞；这种造成错觉的景象所产生的美感，会幻化成诗人写诗的激素。虽然它们不是真正的蝴蝶，但诗人有了美好的想像，经过转化，变成心中的蝴蝶意象，形之于文字，用具体的、形象的语言表现出来，其诗意、诗味、诗境才特别显得珍贵，这就是诗人展现才华的所在；我想这也正是诗人冰谷，要选它做为书名的最佳的原因。

我们就先来读一读其中的第二首吧！

姐

姐快

快来看呀

水蓊果还青青

树上就集满了蝴蝶

乍眼看去有红彤彤的有黄灿灿的……

乍眼看去有蓝盈盈的有白闪闪的……

在风中翩翩飞舞呢

把水蓊树团团

包围着像是

一群蝴蝶

开宴

会

　　这首〈水蓊树上的蝴蝶II〉，是用图象式的形式来表现，整首诗就像一只翩飞的蝴蝶，不仅诗意轻快、甜美，形式也特别；有视觉的美感。

　　冰谷是马华资深著名诗人，他是我要好的朋友；我们相识于1981年秋天，在台北出席第一届「亚洲华文作家会议」；大会的宗旨是「以文会友」，我们就这样结下了不解之缘。他擅长写诗，也写一手好散文；尤其他青壮年时期，常年在大马北部胶园、油棕园工作，中年时又一度远渡重

洋，到索罗门群岛负责管理油棕种植工作，融入当地原住民生活圈，人生经历特别丰富，因此写了几部热带雨林特殊景观、生活体验的散文，获得相当好评。至于为儿童写诗，我所知道的是，他从1990年代初就开始了；他说他是受我的感染。其实，依我观察，应该是和他长期关心马华侨界华文文化教育有关，同时也因为近年有了一个可爱乖巧的孙子、升级当了爷爷之后，就积极在这方面投注更多的心血。

为儿童写诗，我一直相信是关爱下一代的具体表现；读冰谷的儿童诗，我也发现他的「儿童诗观」，和我的想法是不谋而合的——由爱出发，观照现实生活。因此，冰谷的儿童诗，有一个相当鲜明又一致的特色，那就是人人都憧憬、希望拥有的极为珍贵的温馨家园的幸福感；在这本诗集中，爸爸妈妈、哥哥姐姐、弟弟妹妹，是组成一个理想家园所应该要有的成员，在他的诗作中，都会适时出现，让读者读来特别温馨亲切，让人向往。诗中叙述者所流露的亲情是真挚的，所叙述的任何事物，也都是一般儿童日常生活所思所想的，很容易获得共鸣。

儿童诗的可贵是，纯真可爱的本质；美是她的化身。在这本诗集中，我们看不到暴戾、粗俗的字眼，而是温馨、幸福、优雅的感受；美会感化暴戾之气，美会抚平我们受伤结痂的疤痕，美会净化我们被世俗污秽的心灵⋯⋯

（2010.02.26／00:17台北研究苑）

107 第三辑　水蓊树上的蝴蝶

水荖树上的蝴蝶

第一辑

月亮的衣裳

月亮的衣裳

前天

在我洗澡后

妈妈替我换上蓝色的衣裙

爸爸称赞说：

「好漂亮！好漂亮！」

我听了心里很高兴

感谢我的好妈妈

她给我剪裁了新装

那个晚上

我站在窗前让月亮欣赏

月亮披着白色的衣裳

昨天

在我洗澡后

妈妈替我换上黄色的衣裙

哥哥称赞说：

「好漂亮！好漂亮！」

我听了觉得很快乐

感谢我的好妈妈

她给我剪裁了新装

那个晚上

我坐在天台让月亮欣赏

月亮披着白色的衣裳

今天

在我洗澡后

妈妈替我换上紫色的衣裳

姐姐称赞说：

「好漂亮！好漂亮！」

我听了感到很幸福

感谢我的好妈妈

她给我剪裁了新装

到了晚上
我走进庭院让月亮欣赏
月亮披着白色的衣裳

月亮从来没有换新装
永远披着相同的白衣裳
月亮月亮请您别徬徨
明天我求我的好妈妈
为您剪裁彩色的新装
拜托风伯伯带去给您穿

——1993年7月12日刊于光华日报「作协春秋」

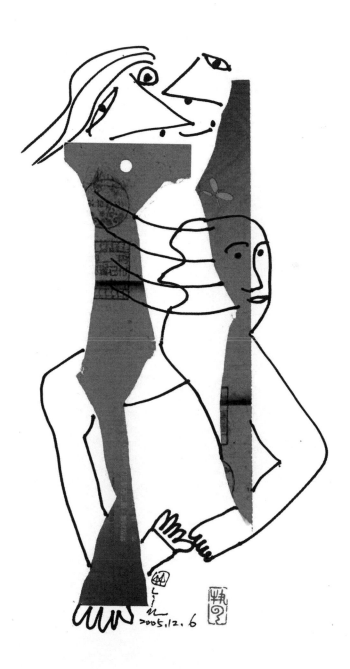

松鼠与可可

大清早　整片丛林

就被松鼠的窜跳惊醒了

它们作了一阵晨运

就饥肠辘辘想到了早餐

其实　早餐早已准备好

低矮但不分季节开花结果的可可树

手臂上挂着一颗一颗澄黄

松鼠经过一番挑选　搜索

把娇小玲珑的身体倒挂

前肢扶果后脚抓桠

便一口一口的品尝

别有风味的芬芳

它们悄悄的欣赏

细细的咀嚼

生恐自己的行踪被发觉

因为太阳已经探出头来

准备流汗的农人将出现

不只松鼠们起得早

阿丽玛也一样

当太阳一张眼她就

一手拿杆一手提篮

为急着要往下跳的果实

安排出路

阿丽玛没有尝过可可的滋味

她的孩子不懂香喷喷的巧克力

阿丽玛匆匆忙忙只顾采果实

又快快用刀将果实剥开

在长杆与刀锋不停起落间

阿丽玛把手臂炼成了钢

许多年前

当可可的根须

还未深入这里的泥层

松鼠没有巢穴

要四处流浪

且不停的寻寻觅觅

才能从林间获得一枚

淡然的季节性野果

有时继续几天挺着饥饿

松鼠不信树木能结出美味的果

现在微微感觉饥渴

便将身体作美妙的倒挂

在隐密的树梢上逍遥

只有阿丽玛由始至终都贫穷

她除了支持自己　还要撑起

一个破漏的家

而松鼠们不知道

它们也是阿丽玛另一个

无可奈何的

负荷

——1992年刊于台湾《儿童日报》
收入诗集《沙巴传奇》（1980年）

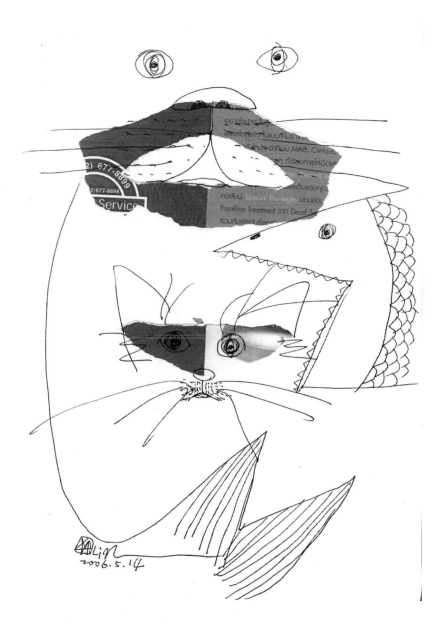

陀螺叙事

我们渐渐地消失了

尤其是在城镇里

儿童只爱电子游戏

不知道陀螺这东西

在荒芜的园地

番石榴树倔强地生长

在倒塌的废墟

柑桔树迎风沐雨

我们向来住乡下

带着满身土气

我们是番石榴树

和柑桔树的孩子

缺少新型玩意

乡童喜欢我们

不需要他们花钱

只要小锯子和柴刀

就可以雕琢我们

——锥形的陀螺

别看我们

头大脚尖

其实转动的时候

我们浑身是劲

稳重又灵活

还嗡嗡嗡地唱歌

乡童喜欢我们

常常结伴一起游戏

用绳子把我们全身

紧紧缠住

然后奋力一甩

发挥了我们的专长

旋转旋转再旋转

当我们精疲力竭

摇头摆脑欲坠时

他们便以绳子

往我们的脖子一拉

我们又回到主人的掌上

歇息

我们循序的姿态

急速转动的威势

随绳索来回的跳跃

都获得欢呼和掌声

橡林里

椰影下

都是乡童的游乐场

我们就在泥地上

轻快地唱歌

欢乐地旋转

有时候我们也有烦恼

乡童顽皮起来

要用我们的头颅比赛

一批躺在圈圈里

由另一批

用尖脚大力搏击

我们常常因此

头颅破洞　喷出火花

我们带给乡童欢乐

也渴望他们爱护

我们不喜欢搏击

更不忍心伙伴

互相残杀

橡胶树的故事

——儿童叙事诗

我们子子孙孙

在这里生活

超过了百年历史

繁殖过了四代

今天　还有人置疑

我们的属性

久不久就

来一次宣判

说我们是外来客

回到1876

是那年　我们的种子

被带走　离开巴西祖家

那片广阔荒莽的丛林

从岛国斯里兰卡　新加坡

登陆马来半岛

我们22个兄弟

落足瓜拉江沙（注）

发芽　生根

吸收土壤的营养

还有阳光雨露的滋润

渐渐地叶茂枝荣

成长为雄壮高昂的绿树

除了享有荫凉

更有丰富的乳汁

我们适合

这里的地原环境

我们喜欢

这里的热带风雨

我们享受

这里的高温气候

我们愉快地成长

我们幸福地生活

在阳光风雨的催促下
年年开花
又年年结果

青色果实的外皮
到了成熟就皱纹重叠
在八月骄阳的薰烤下
在阵阵烈风的熬烙下
果实忍不住冲击
「哔啪」一声把种子抛落
诞生了另一个新生代

跨州越境
爬山过岭
我们一代代传承
把种子分布到各角落

终于　很快地
我们繁衍成
国家的重要资源

因为我们体内的乳汁

储藏量丰富

足以哺育

大地的孩子

辛勤的胶工们

夜半三更

头上挂起煤油灯

用闪亮的弯刀

在我们身上割开

一道细长的薄片

让我们洁白的乳汁

如泉水般奔流直下

汇集在杯中

除了刮风下雨

胶工从不缺席橡林

我们也从不拒绝

作出奉献

经年累月

刀痕愈雕愈长　愈阔

当上下身躯

百孔千疮

累累疙瘩

头顶上丛发苍黄

体内乳汁枯竭

当我们年老体衰了

我们就被砍伐

纹路亮丽的躯干

割成一段一段

再输送至工厂

锯成枋条　薄片

转入烘房抽干水份

我们即可转形为

精致美观的家具

我们体内流出的乳汁

我们的树干和枝桠

我们的绿叶与根块

生命中的一点一滴
都是天然财宝

苍老的我们走后
新的一代
继续使命
以更优质与多产
展示我们不倔的精神

我们早已成为
国家的品牌标致
莫再置疑我们的属性
我们热爱蕉风椰雨
我们老死在这片土地

注：瓜拉江沙，马来语叫**Kuala Kangsar**，位于大马霹雳州
    中部，为大马最早种植树胶的地方，古树如今仍在，树
    龄已超过百年。

——2009年4月5日大年

把时钟拨快一点 I
——城市孩子的梦

妈妈说：

把时钟拨快一点

好让我明天早点起来

准备早餐

爸爸说：

把时间拨快一点

好让我明天早点起来

去上班

哥哥姐姐一同说：

把时间拨快一点

好让我们明天早点起来

可以轻轻松松

到学校

我急急对妈妈说：

我的时钟要拨得最快

好让我明天早上一起来

长得和哥哥姐姐一样高

陪他们一同上学去

——1992年6月刊于台湾《儿童文学杂志》第4期

——收入嘉阳出版《一定要读诗》

把时间拨快一点 II
——乡村孩子的梦

爸爸对妈妈说：

把时钟拨快一点

好让我们明天早点起来

下田插秧

哥哥对姐姐说：

把时钟拨快一点

好让我们明天早点起来

赶上学去

学校的路

要走好远好远

我对妈妈说：

把我的时钟

拨得愈快愈好

最好明天早上我起来

就已经长高

可以同哥哥姐姐一起上学

又可下田帮爸爸妈妈拔草

——1992年6月刊于台湾《儿童文学杂志》第4期

——收入嘉阳出版《一定要读诗》

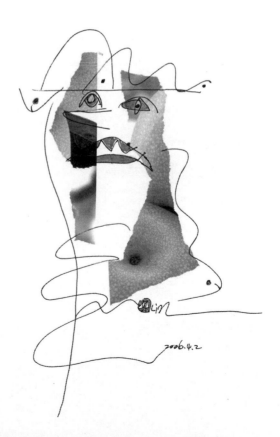

村屋

零零落落的
简简单单的
村屋　毫无秩序地
东一间　西一间

不设篱笆　没有
人为的纠纷隔膜
小小的园地　在屋前
油油的蔬菜和瓜豆
挟着营养不良的野草

贱生易长的果树
总有一些　在屋旁一角
一两间鸭舍和鸡寮
在屋后阴凉的地方

他们种果树是为了阴凉

他们养鸡 因为有余剩的谷粒

他们养鸭 因为田里有免费的鱼虾

不知道如何用煤气

柴薪来自山林荒野

井里和溪涧中的甘泉

任由汲取 从不干涸

手中一把锄头

头上一顶竹笠

脚着一双泥靴

他们 这样过日子

——收入中国海燕出版社《世界华文儿童文学作品选》（1994年）

黄昏小唱

太阳驾着火轮

滚向山边去了

叮当叮当

牛队与羊群的颈铃

从绿绒绒的草原上

传来

这时候

风是常客

最潇洒也最顽皮

它掀起香蕉树的衣裳

又拥着椰子树

跳草裙舞

夕阳　照在

村童的稚脸上

泛起　一抹淡淡的胭脂

农夫从田野回来了

茅屋的檐角

零乱地挂着

锄头和镰刀

炊烟袅袅升起

厨房里正飘出饭香

挥汗者的一天

便这样　悄悄落幕

——选入中国海燕出版社《世界华文儿童作品选》（1994年）

第二辑

母亲节的礼物

母亲节的礼物

母亲节到了

姐姐买了个蛋糕

送给妈妈

哥哥买了件新衣

送给妈妈

妈妈很高兴

我没有钱买礼物

我在练习簿上

画个红心

写上「妈妈我爱您」

妈妈看见了

紧紧把我抱在怀里

——2009年4月14日大年

弟弟写信

哥哥写信给姑姑

写满一张纸

哥哥认识很多字

信里写了很多小故事

姐姐写信给外婆

也写满一张纸

姐姐认识很多字

告诉外婆生活好

弟弟也要学写信

不识字　拿了一张纸

只好画了根肉骨头

送给心爱的小黄狗

——2009年4月9日大年

水荔树上的 蝴 蝶

弟弟的童年

弟弟的童年是
快乐的童年

弟弟爱贝壳
爸爸带他到海边
让他在沙滩上
一颗颗慢慢找

弟弟的童年是
美丽的童年

弟弟爱游戏
妈妈带他去公园
教他荡秋千
陪他溜滑梯
和小朋友坐跷跷板

44

弟弟的童年是

又快乐

又美丽的童年

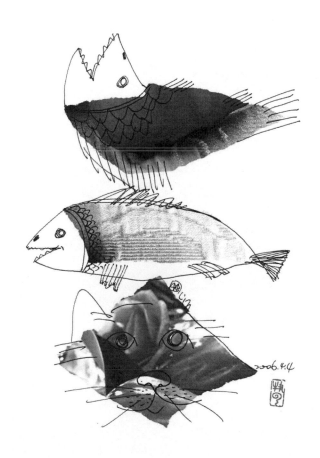

怕热的小叮当

小叮当和橡胶树

都很怕热

大旱天到来了

他们一齐脱光光

小叮当跳进小溪里

洗涤身上的热气

橡胶树站在溪边

羡慕地不停摇手臂

怕热的小叮当

有清冷的溪水作伴

怕热的橡胶树

只有等待雨水来消暑

我也是魔术师

魔术师把兔子
放进纸箱里
兔子不见了

魔术师把鸡蛋
盖在手帕里
鸡蛋失踪了

弟弟对爸爸妈妈说：
你们看
我把这粒糖
放进嘴巴里
糖也很快不见了

弟弟高兴地说：
我会变魔术
我也是魔术师

新年

新年像一个
爱打扮的姑娘
门边穿上红衣裳
门楣戴上红绒帽

「春福」一起到
两个大字翻筋斗
大灶爷　土地公
恭喜恭喜换新装

新年像一个
爱打扮的姑娘
米缸贴「常满」
天神扬「赐福」

舞龙狮　敲锣鼓

春风拂面精神爽

新年像一个

爱打扮的姑娘

——2009年4月9日大年

早晨

早晨
蜜蜂儿是忙碌的
它们飞到花丛里
采花蜜

早晨
麻雀儿是忙碌的
它们飞到田野上
找谷粒

早晨
孩子们是忙碌的
他们背着书包
上学校

月亮星星捉迷藏

月亮星星玩游戏

月亮姐姐躲在

云婆婆家里

对小星弟弟大声叫：

「快来找我！

快来找我！」

小星弟弟找不着

月亮姐姐不耐烦了

就从窗口跳出来

对小星弟弟大声叫：

「我在这里！

我在这里！」

——2009年4月10日大年

月光会

中秋节

妈妈拜月亮

买了很多很多月饼

有双黄　金腿

有豆沙　莲蓉

更有花生和瓜子

摆满了一桌

等等等　等等等

等了很久

月亮姐姐都没有下来

我抬头一望

很多小星星

围住月亮姐姐

原来他们也在

开月光晚会

没空下来

——2009年4月11日大年

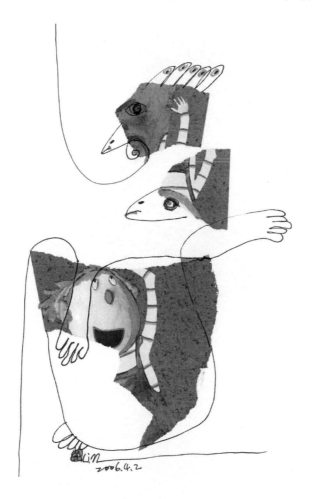

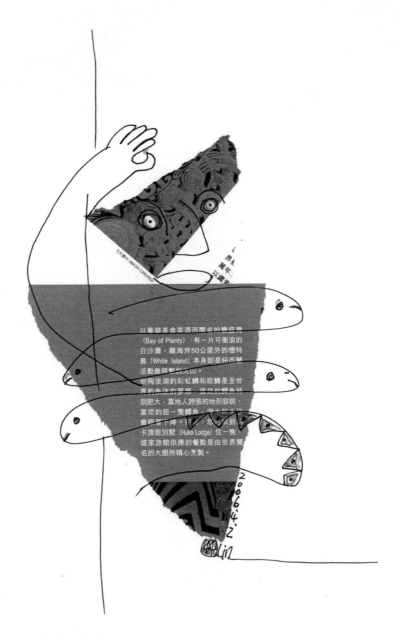

水菁树上的蝴蝶

以臺華美會美酒而聞名的豐盛灣
（Bay of Plenty），有一片可衝浪的
白沙灘，離海岸50公里外的懷特
島（White Island）本身即是紐西蘭
活動最頻繁的火山。
到陶波湖釣的彩虹鱒和棕鱒是全世
界釣魚迷的夢想，這兒的鱒魚特
別大，當地人誇張的地形容說，
當您釣起一隻鱒魚，湖水的水位
會跟著下降。 您也到
卡渡假別墅（Huka Lodge）住一晚
這家旅館供應的餐點是由世界聞
名的大廚所精心烹製。

2006.4.2
Lin

54

果树长鸟窝

老师告诉学生：

果树都会结果

榴梿　红毛丹　山竹

长出不同的果实

团团告诉老师：

不只呢！

我家的芒果树

还长出很多鸟窝

——2009年4月8日大年

橡胶树的声音

每年八月里
橡胶树就不断
爆发声音

哔啪　哔啪
有时在白天
有时在夜晚

哔啪　哔啪
果实张大嘴巴
吐出圆圆的珠子

圆圆斑驳的珠子
钻入枯叶里
长出棵棵小橡树

——2009年4月7日大年

橡叶茶

买不起茶叶，我喝下人生的

第一口茶，叫橡叶茶

泡在荒凉的溪流里

清冷中有琮琤的水声

童年时，买不起茶叶

跟随母亲在橡林里奔走

口渴了，我们一同到溪边汲水

我看见水中的橡叶，一片片

我双手掬满溪水

大口大口地喝下

母亲也掬满溪水

大口大口地喝下

一片片橡叶，在水中

我们感觉到，喝下的
橡叶茶，清甜里
总带有微微酸涩

买不起茶叶，橡叶是
童年时我解渴的水仙
也是母亲一生中解渴的
水仙，酸涩中带有无比的清甜

——2002年写于所罗门群岛
——5月29日刊于光华日报「作协文艺」

画画

哥哥画小羊
爸爸称赞画得好
姐姐画小兔
妈妈也说画得像

只有我的画
爸爸妈妈齐说「乱涂鸦」
其实我画得很用心
就是他们看不懂

——2008年4月9日 大年

看报纸

爸爸说：

报纸上有很多战争

妈妈说：

报纸上有很多美食

哥哥说：

报纸是个世界体育馆

姐姐说：

报纸是个免费的好老师

弟弟看到的报纸是

排队整齐的小蚂蚁

千军万马

集合在一张白纸上

它们都精神充沛

有的在观看风景

有的在欣赏人像

有的在咀嚼糖果

小蚂蚁无论做什么

队伍都是整整齐齐

没有争先恐后

没有你争我夺

请帮我贴邮票

爸爸写好了信

贴上小小的邮票

信就交到朋友手中

不管路途有多远

姐姐包好了礼物

贴上小小的邮票

礼物就送到朋友家里

不管隔着高山大海

弟弟对妈妈说

请您在我身上贴邮票

这样不必您陪伴

我也可以自己去外婆家

————2009年2月4日大年

2006.4.2

变化

爸爸问我们：

什么东西最会变？

弟弟说是云朵

忽然是兔子

忽然是绵羊

忽然是棉花

云朵每分钟都在变化

姐姐说是烟花

烟花爆开

有时像旋转的火球

有时像散落的星星

有时像闪烁的萤火

烟花刹那间就变化

哥哥说流水变化最多

海洋可以化为蒸汽

雨点可以结成雪花

清水可以凝成冰块

流水会消失也会变硬体

妈妈说你们都猜对了

世界上的东西都会变化

早上天气晴朗

中午倾盆大雨

晚间满天星斗

爸爸说大家都猜对了

东西没有变化

世界就不会进步了

起床

大清早
妈妈就催我起床
「还早呢
时钟还没过六点」

妈妈又在
我耳畔唠叨：
「胶工挂着头灯
正在向胶树问好」

大清早
妈妈就催我起床
「还早呢
鸟儿还没睡醒」

妈妈又在

我耳畔唠叨：

「菜农已经在播秧

农夫正在田里拔草」

大清早

妈妈就催我起床

原来不是早起

是时间到了

整理书包上学去

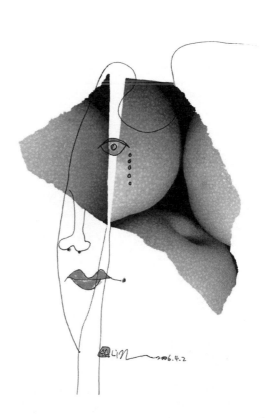

青蛙跳着走

小胖问妈妈：
那个人为什么
跳着走路？

妈妈：
他走路不小心
被汽车撞到

小胖：
青蛙跳着走
一定是在水里
游来游去时
不小心被鱼
撞到

——2009年4月6日 大年

小狗和大鸟

弟弟带着我

到处游玩

我们是好朋友

有一次

弟弟牵着一只大鸟

大鸟拍动翅膀

想飞走

我跑上去咬住它

都没有流血

弟弟就在我屁股乱踢

还大声骂：

「谁要你多管闲事

咬破我的风筝！」

——2009年4月16日大年

爱狗和爱猫

弟弟爱小狗

穿小狗的衣服

背小狗的书包

抱小狗的玩具

小狗汪汪要吃饭

弟弟就叫妈妈

妹妹爱小猫

穿小猫的袜子

画小猫的图画

玩小猫的积木

小猫喵喵要吃鱼

弟弟就喊妈妈

只有妈妈

爱小猫

也爱小狗

停电的夜晚

我们吃晚饭

忽然停电了

爸爸命令手电筒

睁着一只独眼

看着我们

扒饭　挟菜

免被骨头哽到

（手电筒一定在

偷偷流口水）

——2009年4月16日大年

弟弟和星星

晚上

妈妈坐在摇篮边

一边摇

一边唱儿歌

弟弟慢慢闭上眼睛

睡了

晨早

月亮妈妈给星儿

讲故事

星儿们听着听着

终于闭上眼睛

也睡了

学种菜

假期里
学种菜
哥哥弟弟一起来

爸爸浇水哥拔草
妈妈施肥弟捉虫
分工合作效率快

茄子长
甜豆扁
南瓜圆圆像月亮

番薯甜
韭菜香
玉米胡子长长向着天

假期里

学种菜

爸爸妈妈乐开怀

孩子的话

爸爸说

小小毛虫长大了

变成美丽的蝴蝶

到处飞舞

妈妈说

池塘里的小蝌蚪

长大后

就是会跳高的青蛙

哦！我懂了

小蜻蜓长大后

就是天空上的大飞机

飞得又快又远

——2009年4月9日大年

妈妈脸上的皱纹

妈妈

切切切切

用小弯刀

在橡胶树上

切割了

一条条皱纹

时光

无声无息

却也能

在妈妈的脸颊上

切割了

无数皱纹

——2009年4月6日大年

妈妈的白头发

那天我跷课
背着书包去游玩
妈妈知道了
发间多了一根白发

那天我没做功课
被老师罚站堂
妈妈知道了
发间多了两根白发

那天我参加考试
很多科目不及格
妈妈知道了
发间出现很多白发

妈妈伤心地说：

「如果你再不努力用功

妈妈很快满头白发了！」

原来妈妈为了我

长出白发

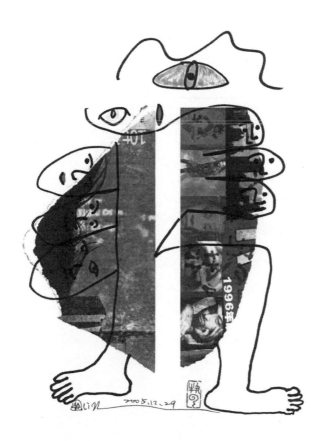

妈妈喜欢A

姐姐的成绩单

写着10个A

妈妈看得咪咪笑

很兴奋地称赞道：

「很好！很好！」

还要送一份礼物给姐姐

哥哥的成绩单没有A

妈妈看了发脾气

骂完「不用功读书」

还在哥哥的掌心

一二三四五六七八

用鸡毛帚出力打

我对妈妈说：

「妈妈呀请您别生气

您要A太容易了

10个那么少

就算20个A

我一样愿意

画给您

（今天我才知道

原来妈妈最喜欢的东西

是最容易画的A）

妈妈要我多吃青菜

我真羡慕小花猫
不管有没有捉到小老鼠
它的饭碗里，每餐
妈妈总放一尾鱼

我每天放学回来
要写字要学画
还在算术簿上数星星
妈妈总是把青菜
挟到我的饭碗里

妈妈还重复那句话：
「青菜营养好
要多吃青菜！
要多吃青菜！」

——2009年3月3日3大年

婆婆的白头发

妹妹问：

「妈妈，为什么

您愈来愈多白头发？」

「你们天天胡闹

又不喜欢读书

令妈妈伤透脑筋！」

妹妹说：

「妈妈，婆婆满头白发

您一定也是胡闹又不读书

令婆婆伤透脑筋！」

大家庭

天空像一个大家庭

月亮是慈祥的妈妈

星星是一群活泼的孩子

太阳是脾气暴躁的爸爸

天气晴朗的夜晚

星星老是围着月亮

有的近有的远

缠着要妈妈讲故事

月亮妈妈的故事太动听

引得星星

夜夜不肯闭眼睛

太阳爸爸脾气坏

所以爸爸一回家

星星就害怕得躲起来

——选入河北少年儿童出版社《世界华文儿童文学选》（1995年）

大地的歌

大海的歌

哗啦啦　哗啦啦

气势雄壮

小鸟的歌

啾啾啾　啾啾啾

悠扬婉转

青蛙的歌

呱呱呱　呱呱呱

单调低沉

蜜蜂的歌

嗡嗡嗡　嗡嗡嗡

刻板枯燥

雄壮 婉转 低沉 枯燥
都是自然的韵律
都是大地的演奏

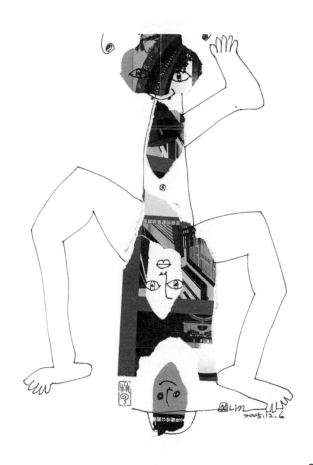

喇叭花的梦

喇叭花很羡慕大喇叭
得到众人的亲吻
还有手指轻抚的温暖
从嘀嘀答答的节奏中
发出悦耳动听的音调

喇叭花不甘于
只悄悄被人观赏
它也想被人
亲吻和爱抚

终于有个孩子走过
顺手一牵
把它摘下
凑近鼻子嗅一嗅
什么气味也没有

就将它扔弃

喇叭花感到后悔
来不及喊一声痛
就在烈阳下
枯萎了

　　　　　　——2009年4月6日大年

吹口哨

哥哥吹口哨

叽哩哩

叽哩哩

响遍整间房子

爸爸吹口哨

咕噜噜

咕噜噜

响遍整个田园

小鸟吹口哨

啁啾啾

啁啾啾

响遍整片森林

——2009年4月9日大年

不要脸

哥哥和姐姐吵架
姐姐骂哥哥：
「不要脸！不要脸！」

弟弟听见了
觉得很奇怪
急匆匆地问哥哥：
「不要脸
眼睛没有了怎样走路？
鼻子没有了怎样呼吸？
嘴巴没有了怎样吃东西？」

哥哥姐姐同时笑
不再吵架了

下雨的时候

下雨的时候

小鸟飞回窝巢里

蚂蚁回到蚁窝里

小狗躲进狗屋里

下雨的时候

月亮姐姐和星星弟弟

你们是不是

躲进云婆婆的雨衣里？

——2009年4月10日 大年

扬扬读故事书

扬扬才上幼儿园
却要买故事书
爷爷说：
「很多文字您不懂」

扬扬翻开书本：
「我懂我懂！」
选择书中的「天」和「地」
大声念给爷爷听

——2009年5月5日 大年

星星和萤火虫

星星睡着了

它们梦见来到人间

落在草丛里

变成了闪亮的萤火虫

草丛里的萤火虫

提着小灯笼

飞呀　飞呀

回到天上变成了星星

星星和萤火虫

原来是亲兄弟

住天上的叫星星

住草丛的叫萤火虫

——2009年4月11日大年

雨点儿写诗

下雨天

我撑伞走路

雨点儿用他轻巧的小手指

在雨伞上

淅淅沥沥地写诗

也在树叶上

滴滴答答地写诗

我一回到家

他就把诗写好了

——2009年4月16日 大年

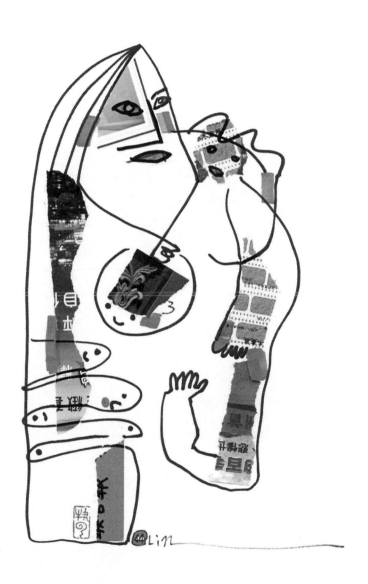

开画展

姐姐开画展

姐姐画了很多画

有山水风景

有热带水果

有人像素描

我画得比姐姐多

每天都画不同的动物

猫猫狗狗和兔兔

每天也画不同的水果

苹果山竹和芒果

我的画

老师给了我

很多星星

姐姐的画

连一颗星星

也没有

没有人叫我开画展

真是不公平

——2009年4月14日大年

迟到

老师没道理

我天天早到

他假装没看见

只迟到一天

就被他罚站了

——2009年4月14日大年

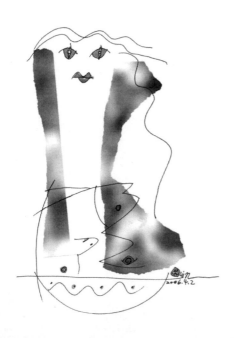

讨厌的雨姐姐

顽皮的雨姐姐

天未亮就赶来胶林

偷偷地和橡胶树洗澡

每棵树

都变成了落汤鸡

爸爸妈妈准备了饭菜

吃饱后又换上了工装

左等右等　讨厌的

雨姐姐还没有离去

爸爸妈妈看了看天色

就坐在家里叹息

——2009年4月14日大年

爸爸的果园

爸爸的果园
平时冷清清
只有小鸟在果树上
啁啾啁啾

果实成熟的季节
爸爸的果园
汽车响着喇叭来了
摩多吐着黑烟来了
一片热烘烘

人们边谈边吃
吃到打嗝了
还把水果一箩箩
带走

他们东挑西选

将又大又甜的挑走

留下虫蛀的

松鼠嚼剩的

给我们

爸爸还笑呵呵

我却看得好伤心

——2009年4月10日大年

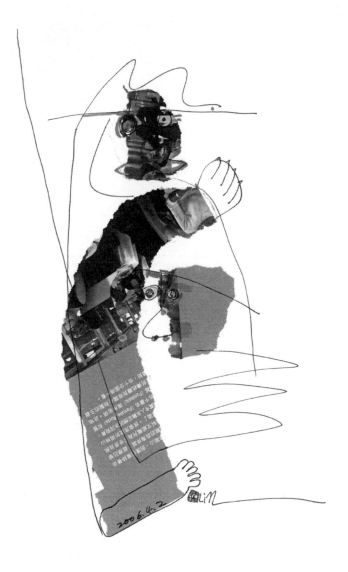

2006.4.2

汗滴的结晶

弟弟吃饭

饭粒掉落地下

爸爸说：

要小心

种稻插秧除草

农夫的工作很辛苦

妹妹挟菜

菜叶掉落地下

妈妈说：

要小心

种菜浇水捉虫

菜农的工作也辛苦

他们熬尽日晒雨淋

他们经历冷风寒露

一粒饭米一片青菜

都是汗滴的结晶

——2009年4月14日大年

第三辑

水荔树上的蝴蝶

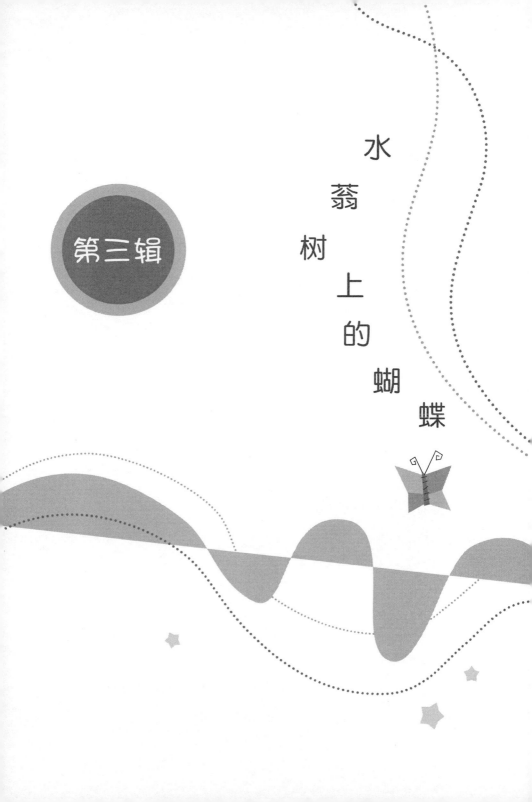

水蓊树上的蝴蝶 I

——水蓊就是莲雾，果实小小就要用塑胶袋包扎，免遭果蝇
　　伤害，遂形成这样的景观。

姐姐快来呀！

看水蓊果还青青

树上就集满了蝴蝶

有红彤彤的

有黄灿灿的

有蓝盈盈的

有白闪闪的……

在风中翩翩飞舞

把水蓊树

团团包围着

像开一个

蝴蝶餐会

——2009年4月11日大年

水翁树上的蝴蝶 II

——水翁就是莲雾，果实小小就要用塑胶袋包扎，免遭果蝇
伤害，遂形成这样的景观。

姐

姐快

快来看呀

水翁果还青青

树上就集满了蝴蝶

乍眼看去有红彤彤的有黄灿灿的……

乍眼看去有蓝盈盈的有白闪闪的……

在风中翩翩飞舞呢

把水翁树团团

包围着像是

一群蝴蝶

开宴

会

——2009年4月13日大年

110

日历

风雨无阻

每天

我在做

瘦身运动

到了年底

在人们欢乐中

我瘦到只剩下

一张纸

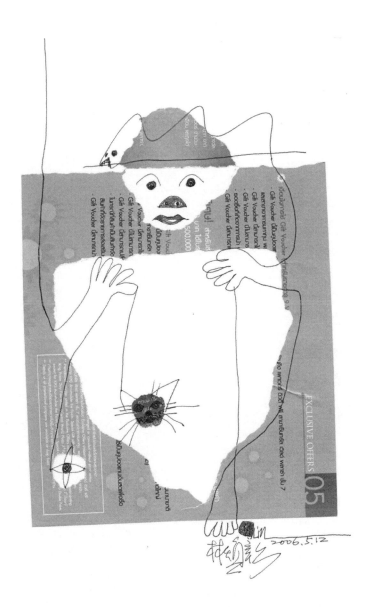

时钟

上课的时候

墙上的时钟

总是

走得比蜗牛还慢

老师翻开书本

教我们念课文

一遍又一遍

重复又重复

下课的钟声还是

久久不响

下课的时候

球场上盛满我们的呼叫

同学们一起追逐

时钟总是

走得如火箭

球还没有摸热

球篮还张着饿口

上课的钟声就

当当的响了

　　　　　——1994年1月8日刊于台湾「儿童日报」

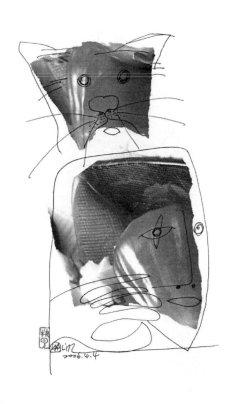

晒风筝

衣架上的衣服
晒干了
妈妈就收回家

雨中飞行的燕子
停在电线上
晒干了
晚上就回去窝巢

哥哥的风筝
被风雨打湿了
晾在电线上
连续晒了好几天
还没有收回来

书包 I

同学们走进教室
个个都咻咻喘气
因为作业簿太多
因为课本太沉重

我心里暗想：
如果把课本
和作业里的文字
用树胶擦统统擦掉
大家不必读书
也不必练字
那时就轻松了

书包 Ⅱ

老师
我今年才六岁
为什么
我的书包那么大
压得我气喘如牛

老师
校长高头大马
为什么
他的书包那么小
一只手就带走了

海浪

为了把贝壳

送上沙滩

早上

海浪赶来海岸

为了把落日

送到天涯

傍晚

海浪退下海滩

——2009年4月6日 大年

牙刷

晚上

我对小弟弟说：

快张开嘴巴

让我把饭后的残余

从您的牙缝里

扫走

晨早

我对小弟弟说：

快张开嘴巴

让我把您梦见的心事

功课压力的烦恼

从记忆里

消除

牙膏

大清早

我就受到

手指压迫　被挤出

设计缤纷的住家

便这样

身形平铺在

手术台上

我被按在两排

U形的瓷砖之间

里外上下

来回游走

在不断洗涮间

把瓷砖缝里的腐气扫除了

而我因此被

污染成

一滩浊流

遗弃到阴沟里

——2009年4月7日大年

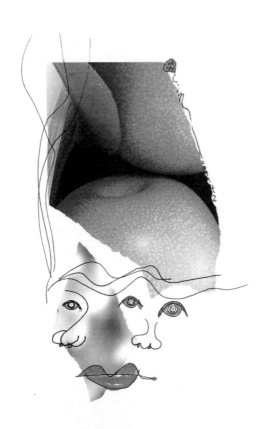

白云的话

有时像团团棉花

飞舞

有时又像千百只玉兔

沉睡

当从高空上

坠落时

我变成飞跃的银箭

有时我轻飘飘

柔细得像棉花糖

给孩子撒下柔情蜜意

稻草人婆婆

稻草人婆婆

好可怜

为了吓鸟雀

东摇西摆地

站在水中央

稻草人婆婆

好可怜

日晒　要忍耐

雨来　不能躲

稻草人婆婆

好可怜

衣破没人补

斗笠任风打

稻草人婆婆

好可怜

黄昏农夫回家了

入夜鸟雀睡觉了

这时候　大家都在歇息

天地一片冷清

只有稻草人婆婆

依然在黑暗里站立

落叶是旅行家

落叶是旅行家
喜欢到处游山玩水
尤其在下雨的时候

下雨的时候
落叶变作小帆船
从小河航向大海

起风的时候
落叶是小风筝
从枝头飘向蓝天

落叶是旅行家
喜欢到处游山玩水
下雨起风都不怕

蚯蚓

弟弟说：
练习簿上的
S字
像一条条爬动的
蚯蚓

他想把
练习簿上的
S字
种在泥土里

让S字
变成一条条
活蚯蚓

蜻蜓

蜻蜓蜻蜓

玻璃翅膀突眼睛

蜻蜓蜻蜓

青青荷叶当雨伞

涟涟湖水当菱镜

蜻蜓蜻蜓

尖尖尾巴像铁钉

蜻蜓蜻蜓

飞飞停停四处游

遇见顽童要小心

——2008年《燃火》第25期

蜻蜓与镜子

爱打扮的蜻蜓

在湖上飞来又飞去

把宁静的湖面

当作亮晶晶的大镜子

他突出的眼睛左转右转

向镜子照了又照

欣赏自己美丽的衣装

一旦发现肮脏了

他就生气得

用尖锐而斑驳的尾巴

在玻璃上轻轻一点

大镜子立刻皱起眉头

碎了

可是过不了多久

碎了的玻璃又慢慢愈合

又是一面

亮晶晶的大镜子

——1993年7月31日刊于台湾《儿童日报》

——1995年选入中国河北少年儿童出版社《世界华文儿童文学选》

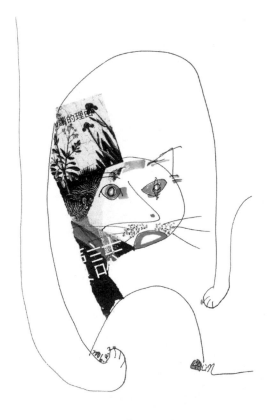

蝴蝶与松鼠
——写孙儿觉扬

1、蝴蝶

妈妈说：

你像一只

翩翩的小蝴蝶

飞扬在缤纷的花丛里

这朵花儿嗅一嗅

那朵花儿嗅一嗅

忙着酿制一场

花蜜自由餐

2、松鼠

妈妈说：

你是一只

快活的小松鼠

跳跃在浓荫的丛林里

这边树叶摇一摇

那边树叶摇一摇

年纪小小就肯定

自己的好身手

——2006年刊于《新华文学》

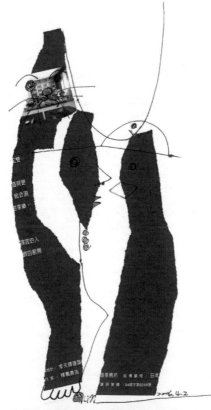

蜗牛

蜗牛很顽皮

晚上摸黑爬出来

偷吃

妈妈种的大白菜

吃饱了

还在菜叶上

用银色笔

画画　写字

忙碌了整夜

蜗牛还不疲倦

太阳出来了

第一道光亮

把它们赶进草丛里

猪笼草

喜欢凉

住山上

胖宝宝

张嘴巴

小虫来

吞下它

——2009年4月10日 大年

邮箱

铁栅和我　是好朋友

日晒雨淋

我们都不分开

清早　天才微微亮

当我张开惺忪的眼睛

爸爸便臃肿着睡衣

向我道早安

从我的窗口　拿走报纸

一边走进屋里一边念着

世界各处发生的大事

下午放学回来

姐姐总是很紧张

一走近我就不理书包

急急点收

远方寄来的温暖

有时邮差伯伯没有来

姐姐就很失望

对我不理不睬

弟弟年纪小　　但最俏皮

收不到朋友的礼物

就拿我来出气

举起拳头　　捶打我的头

我没法抵挡

只有「砰砰砰」地喊救命

要是妈妈看见了

就骂他

——1993年5月22日南洋商报《南马文艺》

雨滴

落在
荷叶上的雨滴
是跳舞的珍珠
落在
牵牛花上的雨滴
是喇叭吹响的音乐

落在
橡胶树上的雨滴
是胶工的眼泪

云的眼泪

旱季来了

花草树木昏昏欲睡

眼看就要枯萎了

云姐姐不忍心

于是掀开大黑伞

把太阳公公铺盖

跟着就伤心得

哗啦啦地哭起来

眼泪洒落大地

惹得花草树木笑起来

——2009年4月8大年

云端上的红豆雪条

白云变幻多端

有时出现一群小白兔

有时走出一群小绵羊

小白兔　小绵羊

都不是弟弟的最爱

弟弟最爱吃雪条

弟弟最希望白云变出

一支支红豆雪条

从天空掉下来

——2009年4月7日大年

露珠兒 I

月亮妈妈失踪了

星星们伤心地哭起来

眼泪掉在草叶上

变成早晨的露珠儿

太阳公公看见了

用他灿烂的大手拍

把所有的露珠儿

从草叶上收集

露珠儿 II

天还没亮，

凉风习习地吹拂，

露珠儿妈妈带着露珠儿宝宝，

在荷叶上翩翩起舞。

露珠儿妈妈爱护露珠儿宝宝，

知道太阳公公快要出来了，

于是对宝宝们说：

「我们应该回家了，跟着我跳进池塘里！」

说完，

叮叮咚咚躲到水中了。

有一颗贪玩的露珠儿宝宝不听，

继续在荷叶上跳呀跳！

太阳公公伸出头来，

他被蒸得发高烧，

最后

消失了。

　　　　　　　　　　　——2009年4月24日大年

鞋子

我很敬佩你

尽管太阳如火伞

或者暴雨像利箭

你和主人

总是不离不舍

一步　一步

向前走

我很喜欢你

滚烫的柏油马路

蒺刺丛密的小径

只要我想去

你都会陪我到目的地

鞋子　鞋子

你从来不发脾气

鞋子　鞋子

我好感激你

飞机和风筝

弟弟放风筝
一架飞机
从天空飞过
弟弟神气地说：
「我的风筝比你大！」

有一天
爸爸带他去旅行
弟弟登上飞机
他惊奇地说：
「飞机长得这么快！」

黑板擦

当老师和同学忙碌时

你躲在一旁睡觉

老师走出教室后

你匆匆爬上黑板

把密密的白字

吃光

从清晨到下午

睡觉后就吃

吃完了又睡

不知一天吞下多少

白字和图案

就从来没听过你

打嗝

黑荳芽

吃饭的时候
叮当指着荳芽问：
「妈妈　池塘里的黑荳芽
为什么炒熟了变白色？」

妈妈说：
「傻叮当　池塘没有荳芽
那是长大变青蛙的小蝌蚪！」

人间的星星

天空里的星星

骄傲极了

以为他们是

天地间

最亮的眼睛

当往下望

竟发现

人间也有星星

他们的眼睛

更大更亮

——2009年4月18日大年

小溪流

小溪流爱歌唱
从早唱到晚
没有停歇

小溪流一路走
一路淙淙地
哼着自然的音符

遇到挡路的石头
小溪流毫不退缩
提高嗓门子
激昂地跳过去

到了平地
小溪流心情爽朗
选换轻松的歌

——2009年4月20日大年

夕阳红着脸儿

我花了整盒彩色笔

绞尽脑汁

才完成的一幅七彩画

被夕阳悄悄偷走了

他红着脸儿

把它贴在西边的天上

变成他的作品

——2009年4月18日大年

小螃蟹

潮退的时候

小螃蟹在沙滩上

气呼呼地挖洞

愈挖愈深

是要收集地下的消息

潮来的时候

小螃蟹从洞中爬出

举起双手告诉海潮

它听到了

贝壳的声音

——2009年4月6日大年

小皮球

小皮球

满肚气

看见弟弟

就想逃避

弟弟顽皮

被老师责备

回到家里

把我出气

在我身上乱踢

我忍气吞声

在地下乱滚乱跳

弟弟毫不留情

继续用力

踢我到桌下

踢我到墙角

踢我到橱边

我怕得发抖

却没有能力反抗

直到弟弟唤疲倦

我才能休息

小猫看见

我皮损脸伤

就用温柔的双手

悄悄为我抚摸

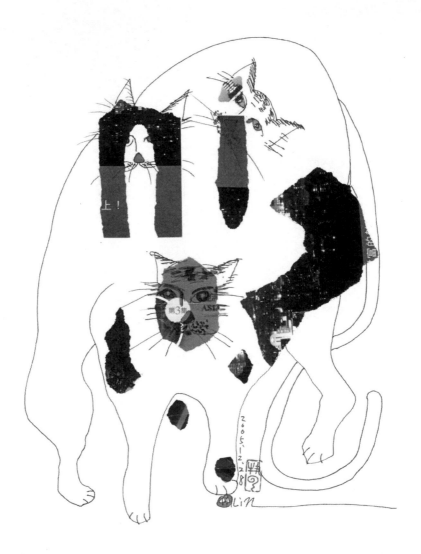

小蜜蜂和玫瑰花

小蜜蜂采花蜜

被玫瑰刺伤了

小蜜蜂生气地骂：

「你为什么长这么多尖刺？」

一天小熊饿了

发现树上有个蜜蜂窝

他爬上树要采蜜

小蜜蜂一齐出击

用他们又尖又毒的尾针

把小熊的眼睛和鼻子

螫得又红又肿

小蜜蜂这时才想起

身上长尖刺

原来是保护自己

——2009年4月6日 大年

大萤火虫

天气晴朗的凌晨

胶林里出现

很多很多大萤火虫

环绕着橡树

徐徐飞舞

蔓草里的

小萤火虫看见了

以为是

吃星星长大

从天上落下的兄弟

但又怕被大萤火虫

巨大的火焰

灼伤

只有偷偷远看

不敢亲近它们

垃圾桶

我穿绿色衣裳

张开饥渴的大口

风雨不改

守在

众人容易找到的地方

二十四小时等待

一包紧接着一包

空投而来的

免费残羹

可是　人们

似乎不理睬

我的存在

让空瓶子　纸屑　空盒

和果壳

四处游荡

我日以继夜地张口

依然

三餐不饱

人们给我

动听的赞美

我不要

给我装饰打扮

我也不要

我要维护人人健康

和一个

美好欢乐的世界

——1993年9月15日刊于南洋商报《南马文艺》

喇叭花与鸡蛋花

小明问：

「妈妈　为什么

牵牛花又叫喇叭花？」

妈妈答：

「牵牛花开放的时候

每一朵花儿

都像一支小喇叭」

小明问：

「可是　为什么

鸡蛋花的花儿

一点都不像鸡蛋啊！」

风筝

风哥哥邀我去旅行

我越飞越高

小主人瞪着我

怕我不回去

在我身上系着一条线

我正玩得高兴

小主人却收线

要我回到他身边

——2009年5月6日大年

风哥哥气力大

风哥哥气力大

唬唬地到来

随手一扫

把花草树木推倒

有时候不分青红皂白

把房子当足球

提脚一踢

令许多人

无家可归

——2009年4月14日大年

音乐指挥棒

海浪像

音乐指挥棒

清早愈举愈高

声浪雄浑激昂

要太阳快快爬上来

照亮大地

忙碌了整天

傍晚的时候

海浪疲倦了

指挥棒徐徐下沉

祝贺夕阳

一路顺风

——2009年4月15日大年

断线了的风筝

老鹰看见一个

断了线的风筝

吊在大树上

随风飘荡

它很伤心地说：

又一个同伴牺牲了

猎人的心肠也真坏

还把它晒干

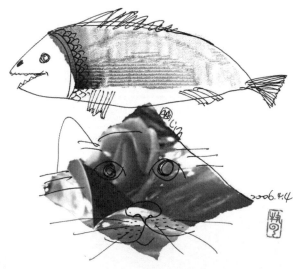

2006.4.4

茅草花

爷爷的胡子又白又长

爷爷把刮下的胡子

撒在草丛里

长成一片

茅草花

茅草花随风飘荡

飘到爷爷的嘴巴上

不久又长出

又白又长的

胡子

玉蜀黍

年纪轻轻

就扮老

把长长的胡子

挂在嘴边

却逃不过

农夫的眼睛

顺手一拗

你便毫无反抗地

落在篮子里

最终逃不过

烈火烹蒸

为成孩童最爱的

点心

——2009年4月12日大年

木棉花 I

果实

老到满脸皱纹了

就爆裂成

朵朵云

夜夜去偷听

星星的梦

附注：木棉树为热带乔木，乡间随处可见；木棉实成熟时叶
　　　子尽落，棉花可做枕头。

——2009年4月14日大年

木棉花 II

云妈妈

去天空旅行了

撇下我们

在光秃秃的枝桠上

被阳光熬到

满身裂痕

——2009年4月20日 大年

公鸡啼

我拍拍翅膀
向着东方大声呼唤
喔喔喔………
喔喔喔………

太阳听到了
匆匆探出头来
红着脸儿
向大地道早安

——2009年5月10日 大年

后 记

　　这本儿童诗集，是我写作最久、也是最快的一本书。最久，是因为我从上世纪90年代就开始尝试写作儿童诗，但并不积极，多年间只写了十余首。后来，辗转流浪，忙着生活俗事，把写作儿童诗这件事搁在一边。

　　一搁，竟是悠长的二十年。

　　年纪渐老，心力俱衰；去年二月间，忽然想到要为儿童写作一本书的心愿未了，于是放下一切俗务，静下心情，专事儿童诗经营，两个多月里完成了本书中的大部分作品，了结我「为儿童写一本书」的夙愿。两个月写成一本书，是我写作以来的最高表现。

　　我得感激儿童文学家兼诗人的林焕彰先生，他是本书的催生者与发酵剂。上世纪90年代，我在沙巴期间，他便一再鼓励我尝试儿童文学书写。我当年零星在台湾报刊杂志发表的习作，全都是他推荐投寄的。焕彰先生为提倡儿童文学的先驱，创作与教学并进。本书中许多诗作，都经过他的指点与修饰，才有今天的整齐面貌。焕彰先生于讲学与创作双忙

中，为本书写序，同时还提供了数十幅撕贴画做为配图，提升了本书的光彩。他的古道热肠，使我铭感五中。

这些习作，有幸被评审给予机会，获得去年大马福联会暨雪隆福建会馆年度儿童文学奖。双福联合会，长久以来，每年拨款资助五、六部马华艺术文学著作出版，三十年来风雨不改；一个非文化团体，能够对母语文化做出贡献与坚持，教人佩服，也令人感动！

本书获得秀威资讯科技股份有限公司青睐，正、简体字两种版本同时推出——在台湾出版正体，在大马则印行简体字版，对作者来说，是极大的荣幸，希望两地以及其他华文地区的儿童，都能有机会从这些作品中获得阅读的乐趣；如果有所教益或启发，那就更接近我所期待的心愿，也深化了我为儿童努力写作儿童诗的意义。

感激秀威出版部林经理世玲小姐亲自责编，使这本童诗集能在最短时间完成出书；还有她的编辑团队及各方的协助，使本书得以顺利面世。

（写于2010年2月27日槟岛湖内）

国家图书馆出版品预行编目

水翁树上的蝴蝶 / 冰谷著 ; 林焕彰图. -- 一
版. -- 台北市 : 秀威资讯科技, 2010.05
　　面 ; 公分. --(语言文学类 ; PG0358)
BOD版
简体字版
ISBN 978-986-221-444-2(平装)

859.8　　　　　　　　　　　　99005329

 语言文学类　PG0358

水翁树上的蝴蝶

诗　作　者／冰　谷
插　　　图／林焕彰
发　行　人／宋政坤
主　　　编／林焕彰
执 行 编 辑／林世玲
图 文 排 版／郭雅雯
封 面 设 计／陈佩蓉
数 位 转 译／徐真玉　沈裕闵
图 书 销 售／林怡君
法 律 顾 问／毛国梁　律师
出 版 印 制／秀威资讯科技股份有限公司
　　　　　　台北市内湖区瑞光路583巷25号1楼
　　　　　　电话：02-2657-9211　传真：02-2657-9106
　　　　　　E-mail: service@showwe.com.tw
经　销　商／红蚂蚁图书有限公司
　　　　　　台北市内湖区旧宗路二段121巷28、32号4楼
　　　　　　电话：02-2795-3656　传真：02-2795-4100
　　　　　　http://www.e-redant.com

2010 年 5 月　BOD 一版
定价：150元

·请尊重著作权·
Copyright©2010 by Showwe Information Co.,Ltd.

讀 者 回 函 卡

感謝您購買本書，為提升服務品質，煩請填寫以下問卷，收到您的寶貴意見後，我們會仔細收藏記錄並回贈紀念品，謝謝！

1. 您購買的書名：_____

2. 您從何得知本書的消息？

　　□網路書店　□部落格　□資料庫搜尋　□書訊　□電子報　□書店
　　□平面媒體　□ 朋友推薦　□網站推薦　□其他_____

3. 您對本書的評價：(請填代號　1.非常滿意 2.滿意 3.尚可 4.再改進)

　　封面設計____　版面編排____　內容____　文/譯筆____　價格____

4. 讀完書後您覺得：

　　□很有收獲　□有收獲　□收獲不多　□沒收獲

5. 您會推薦本書給朋友嗎？

　　□會　□不會，為什麼？_____

6. 其他寶貴的意見：_____

　　_____

　　_____

　　_____

讀者基本資料

姓名：_____　年齡：_____　性別：□女 □男

聯絡電話：_____　E-mail：_____

地址：_____

學歷：□高中(含)以下　　□高中　□專科學校　□大學

　　　□研究所(含)以上 □其他_____

職業：□製造業 □金融業 □資訊業 □軍警 □傳播業 □自由業

　　　□服務業 □公務員 □教職　□學生 □其他_____

請貼
郵票

To：114

台北市內湖區瑞光路 583 巷 25 號 1 樓

秀威資訊科技股份有限公司　　　收

寄件人姓名：

寄件人地址：□□□

(請沿線對摺寄回,謝謝!)

秀威與 BOD

BOD（Books On Demand）是數位出版的大趨勢，秀威資訊率先運用 POD 數位印刷設備來生產書籍，並提供作者全程數位出版服務，致使書籍產銷零庫存，知識傳承不絕版，目前已開闢以下書系：

一、BOD 學術著作—專業論述的閱讀延伸
二、BOD 個人著作—分享生命的心路歷程
三、BOD 旅遊著作—個人深度旅遊文學創作
四、BOD 大陸學者—大陸專業學者學術出版
五、POD 獨家經銷—數位產製的代發行書籍

BOD 秀威網路書店：www.showwe.com.tw
政府出版品網路書店：www.govbooks.com.tw

永不絕版的故事・自己寫・永不休止的音符・自己唱